LETTRE

ÉCRITE DU SEPTIÈME CIEL

PAR

UN PAIR DE LA RESTAURATION

A

UN PUBLICISTE DE LA CAPITALE DE FRANCE.

PARIS.

IMPRIMERIE BAILLY, DIVRY ET Cᵉ,
PLACE SORBONNE 2.

1851.

LETTRE

ÉCRITE DU SEPTIÈME CIEL.

Champs-Élysées, le 10 Mai 1851.

Quoique je sois dans des lieux où je n'ai rien à désirer, je n'en désire pas moins le bonheur de mon ancienne patrie ; je ne voudrais pas la voir victime du jeu des passions, ni travaillée sourdement par des doctrines pernicieuses. Lorsque la nouvelle nous arriva que quelques rejetons de 93 avaient retiré de l'oubli le mot socialisme pour en faire la thèse d'un dogme social, la plupart d'entre nous pensèrent que cette subtile et merveilleuse invention pourrait avoir un succès de vogue parmi le peuple ; mais qu'il valait mieux lui laisser suivre sa période de prospérité, vivre et mourir tranquille, que de lui opposer de la résistance ; je pris la parole pour combattre cette opinion, qui du reste a son côté philosophique.

Je sais, Messieurs, que la résistance produit souvent un effet contraire à celui que la politique en attend, que souvent lorsqu'on tyrannise une secte, ou une corporation, on lui donne des éléments de vie et une force d'action qu'elle n'aurait jamais eues ; mais il est des cas où la résistance devient une loi de nécessité, c'est lorsque les associations qui se forment, en dehors de l'Etat, prennent sur les esprits un degré d'influence capable de compromettre sa propre existence. Certainement, les Templiers avaient rendu de grands services à la Chrétienté, et les Jésuites à l'Europe ; cependant ni Philippe-le-Bel, ni Louis XV, ne tinrent compte de leurs glorieux efforts, et cela, parce qu'ils avaient passé les bornes que la tolérance politique avait posées à leur ambition. Le socialisme est loin d'avoir acquis le degré de force sociale des deux ordres illustres que je viens de vous signaler, mais il est évident pour moi qu'il pourrait l'acquérir si on ne lui opposait pas une résistance morale.

Le socialisme, dans la vague et mystérieuse enveloppe dont il se couvre, a un caractère anormal éminemment romantique ; c'est un sylphe, un protée, qui peut prendre les formes les plus séduisantes et les plus impressionnables aux yeux du peuple, pour l'entraîner dans des erreurs matériellement funestes à ses intérêts. Politiquement parlant, je le considère comme une maladie de l'imagination, d'autant plus dangereuse qu'elle a son siége dans un aveugle orgueil, et qu'elle n'attaque que les intelligences vulgaires qui ne sauraient apprécier à sa juste valeur le mouvement inégal et varié des choses de la terre ; arrivée à son paroxysme, elle ne fait que des fanatiques, des énergumènes et des bourreaux qui répandent froidement et lâchement le sang de leurs semblables au nom de la patrie et de l'humanité. Toutes les révolutions qui ont eu pour cause ou pour motif une amélioration sociale ou politique ont vu de ces novateurs impitoyables, qui, par leurs horribles extravagances, ont porté la désolation et la terreur au cœur de leur mère-patrie. Si les révolutions de la Grèce et de Rome ne sont pas présentes à votre souvenir, voyez l'Angleterre sous Cromwell et la France sous Robespierre, et jugez par les œuvres des socialistes de ce temps, ce que feraient leurs bâtards qui viennent de naître. On nous appelle des rétrogrades, nous qui avons une foi et un culte politique; on nous accuse d'avoir des habitudes routinières, parce que nous jugeons le présent par le passé, et les faits qui s'accomplissent par ceux qui sont accomplis; mais nous défions la philosophie la plus avancée d'argumenter autrement, si elle veut démontrer la cause des maux qui désolent la France. Le cœur humain tourne comme le soleil autour de lui-même, a dit Voltaire; ne souriez pas, Messieurs, je prends la vérité partout où je la trouve! Oui, le cœur humain a son centre de gravitation duquel il ne peut sortir. Cette vérité qui sort de Dieu, qui est l'œuvre de sa volonté, renferme toute la question sociale et politique de l'existence des nations. L'Etat le plus avancé où elles se trouvent, le progrès dans l'ordre des intelligences, ne sont que des phases rapides auxquelles d'autres phases succèdent; ce mouvement de hausse et de baisse, ce passage des ténèbres à la lumière, les peuples célèbres l'ont tous éprouvé, et tous, croyez-moi, l'éprouveront. Un point accidentel ne doit jamais être pris pour l'état normal d'un être moral. La véritable voie de la perfectibilité sociale d'une génération, sa vie de force et de puissance, de développement et de progrès, se trouvent dans sa moralité seule.

Dans quelque état que la civilisation ait placé un peuple, il ne peut acquérir le repos et le bonheur, la grandeur et la gloire, que par une éducation qui développe en lui l'intelligence du vrai et du juste, et cette éducation ne peut se faire que sous l'empire de la vertu que la religion et la légitimité font naître dans les âmes.

Or, comme la vertu est une chaîne morale de laquelle la plupart des hommes cherchent à s'affranchir, comment, dit Descartes... Ne vous alarmez pas, mon cher maître, je n'ignore pas que l'homme est né bon, que les principes du bien sont dans sa nature ; mais à peine a-t-il paru dans le monde, qu'il est circonvenu par le démon de la vie matérielle, qui comprime et abâtardit toutes ses qualités naturelles. Il est donc essentiel, pour rendre son bonheur plus constant et plus vrai, d'appuyer son éducation sociale sur des principes qui peuvent développer tous les germes de perfection qu'il porte en lui-même.

Le socialisme peut-il offrir ces conditions de vie et de salut aux hommes et aux sociétés? Demandez-lui s'il accepte le mariage comme la clef de la voûte du temple social, s'il fera grâce à l'ordre des successions légitimes, dans lequel se trouve les intérêts matériels et moraux de la famille; si la religion, qui est la fille de la morale et la mère des bonnes mœurs, entrera dans le plan de son organisation phalanstérienne; si l'âme qui vit pour le ciel plutôt que pour la terre, y trouvera une foi, un culte, pour nourrir ses affections et ses désirs; si enfin la vertu qui est l'application du bien dans tous les actes de la vie, pourra germer dans le cœur de ses adeptes, lorsqu'ils n'auront devant eux que la matière et le néant!!! Le socialisme vous répondra : Ce sont là des éléments moraux dont nous pourrons nous servir plus tard; maintenant, nous voulons tout renverser, tout détruire, et sur les cendres d'un passé de cinquante siècles, fonder une société nouvelle. Eh ! quelles seront les bases, s'il vous plaît? Oh ! pour les bases, c'est une question qui demeure pendante et qu'on ne peut résoudre que lorsque notre vandalisme philosophique sera consommé.

De là vous pouvez conclure, Messieurs, que le socialisme ne pourra inventer que des romans politiques. Malheureusement, il y a de ces romans qui captivent les esprits et entraînent les cœurs, qui flattent et caressent les passions, qui impressionnent les sens et charment l'imagination , qui nourrissent l'envie, la jalousie, la vanité , et toutes les mauvaises inclinations de notre humanité. Ce sont ceux que vous feront les socialistes; sous le voile mystérieux de leur prétendue probité patriotique, par l'impertinent mensonge de la trilogie révolutionnaire : Egalité, Liberté, Fraternité, qu'ils auront toujours sur les lèvres, ils pervertiront les classes ouvrières, qui sont l'un des plus vigoureux rameaux de l'arbre social, et lorsqu'ils en auront fait les adorateurs de Baal, il sera impossible de les ramener à l'autel du vrai dieu.

L'intérêt de cœur que nous portons à notre ancienne patrie, nous fait un devoir de ne pas laisser consommer ce crime de lèse-nation. Il faut écrire à nos amis de France d'opposer une vive résistance à des doctrines qui détruisent 'édifice quel a religion et la légitimité ont péniblement élaboré. Vous me comprenez, Messieurs, la résistance, pour nous, c'est d'opposer la vérité à l'erreur, la probité et la bonne foi à la perfidie et au mensonge; c'est de combattre, comme dit notre ami Bossuet, par des preuves morales et par la persuasion.

Pendant le temps que je vécus sur la terre, mes opinions et mes croyances politiques furent le fruit des études sérieuses que j'avais faites des hommes et des choses; je vis le désordre et la confusion parmi les gouvernants et les gouvernés partout où le noyau social n'avait pas pour élément un principe qui assure et consacre les droits et les devoirs qui naissent et se forment naturellement avec la société; c'est ce qui me rendit l'un des plus ardents défenseurs de la légitimité. Rappelez-vous, Messieurs, que je passais là-bas pour être plus légitimiste que le roi. — Que moi! s'écria Louis XVIII. — Ne vous déplaise, Sire, plus légitimiste que vous; si j'eusse été à votre place lorsque vous rentrâtes dans votre royaume, je n'aurais pas fait la part que vous fîtes aux révolutionnaires... A peine avais-je adressé cette piquante apostrophe au chef de la branche aînée, que je me sentis frappé doucement sur l'épaule.

C'était Philippe d'Orléans qui voulait savoir de moi ce que signifie le mot légitimité dans le sens propre. — Vous le saviez aussi bien que moi, prince, lui dis-je, et c'est pour l'avoir oublié dans un moment suprême, que vous avez compromis l'avenir de votre jeune génération, qui, du reste, n'est pour rien dans les maux qui pèsent sur la France.

La légitimité, Monsieur d'Orléans, est le principe social auquel Dieu a donné sa sanction suprême, comme le seul qui puisse assurer aux hommes la plus grande somme de bonheur. Ce principe, comme élément de l'ordre gouvernemental, est le point central du corps politique, la partie consubstantielle de sa personne morale, le mobile souverain de son action dirigeante ; en lui se trouvent les germes d'union, de sympathie, de force, de puissance d'une nation. Dans le domaine du droit commun, la légitimité est l'arbre généalogique des origines naturelles et des successions légitimes; et les actes civils, les transactions faites dans la vie privée, doivent dériver de son principe, pour avoir un caractère de probité et de justice qui en consacre le droit. Le pouvoir légitime, comme émané de Dieu, est inviolable et sacré, et qui l'attaque ou porte atteinte à son autorité suprême, commet le crime de lèse-majesté divine. Que de sophismes, que de subtils mensonges n'a-t-on pas dits pour dénier à la légitimité son origine céleste!

Lorsque Dieu consacre, par la voix de la religion, la souveraineté sur la tête d'un roi, croyez-vous qu'il lui dise : Tu régneras en despote ou en tyran, tes volontés et tes caprices feront autorité, tu violeras autant que tu voudras les lois divines et humaines, tu fouleras les droits de la nature et de l'humanité, tu rendras ton peuple esclave, tu le manipuleras à ton gré, tu l'humilieras, tu le réduiras à la condition des animaux soumis à l'influence de l'homme, et mille autres impostures que le démon révolutionnaire colporte, dans les chaumières, dans les hameaux, sur les places publiques et dans les faubourgs, pour rendre odieux au peuple le plus saint de tous les droits.

Lorsque par la voix de la religion, dis-je, Dieu confère aux rois le droit de gouverner les peuples, il leur dit : Je vous octroie le pouvoir de faire et d'agir selon votre bonne et loyale volonté, sans sortir du cercle que vous prescrit l'esprit de ma loi, car je suis le législateur des législateurs. Votre souveraineté à vous, c'est une tutelle, un mandat social que vous devez remplir en mon nom, et dans l'intérêt de ma gloire ; vous serez le père et l'ami des peuples, vous les conduirez avec bienveillance et douceur dans les voies de ma providence, vous leur accorderez les libertés utiles à leur existence sociale, vous faciliterez par l'instruction le développement de leurs facultés intellectuelles, afin qu'ils puissent éclairer leur raison et prendre conseil de leur conscience ; vous serez roi, vous et votre postérité, par droit de succession légitime. Tout se fera dans les nations en votre nom, et vous ferez tout pour le mien ; si vous faites mal, si vous mettez au service de votre ambition ou de vos passions votre autorité souveraine, je ne donnerai à personne le droit de ma vengeance. Ce ne sera, ni le souffle des révolutions, ni les armes des factieux, ni le poignard des traîtres qui pourront effacer le signe de la royauté que je place sur votre front, ce sera moi seul qui vous réduirai en poudre. Voilà, Messieurs, les principes de morale, de justice et de loyauté qui dérivent du droit divin. Eh ! je n'en connais point d'autres.

Je sais que les ambitieux, les envieux, les disgraciés de la fortune, toute cette foule d'oiseaux sinistres qui se perchent sur les rameaux de l'arbre social pour sonner le tocsin de la révolte, ont la perfide coutume d'isoler les principes des hommes qui les représentent. Ainsi ils trouvent le moyen d'accuser les institutions les plus sages d'être entachées des vices qui sont propres à notre humanité. Les encyclopédistes accusaient le christianisme d'avoir fait périr trois millions d'hommes; mais dans cette hypothèse les principes les meilleurs seraient les plus funestes, et nous gagnerions beaucoup plus d'être gouvernés par des esprits infernaux que par les anges. Toutefois je me résume sur les maux qui désolent notre ancienne patrie et sur le moyen de les guérir.

Quelques obscurs novateurs se disant les amis de l'humanité et les défenseurs des droits de l'homme ont pris pour devise *liberté*, *égalité*, *fraternité*, et arborant la bannière du socialisme, ils sont venus prêcher une croisade de sang contre les puissances de la terre. Ils ont dit à cette classe précieuse, mais crédule, qui alimente sa vie par le travail : Vous les voyez... ils ont honneur, pouvoir, fortune, et vous n'avez rien; ils jouissent de tous les avantages de ce monde. Le ciel, la terre s'accordent à leur faire un état de joie et de félicité; et vous, livrés aux vicissitudes d'une destinée isolée et malheureuse, vous n'avez que vos bras et votre courage pour soutiens. Cet état de misère et d'asservissement est le fruit d'une organisation sociale vicieuse qu'il faut détruire; ne craignez pas de porter la hache et le marteau sur un édifice qui n'a pour base que les abus et les priviléges, n'oubliez pas que vous êtes le peuple souverain, que votre droit et votre devoir sont renfermés dans cette œuvre sainte; détruisez, détruisez cette antique Babel, et sur ses ruines nous édifierons une Jérusalem nouvelle; le plan de notre architecture sociale est fait, il est le fruit de nos efforts humanitaires et de la puissance de notre raison. Lisez nos œuvres, enfants du peuple, vous y verrez comment nous sommes arrivés à faire de l'esprit humain un instrument de musique, à le rendre élastique et flexible comme les cordes d'un violon, vous y trouverez la divine harmonie, des rapports et des concordances de notre personne morale, le facile moyen de changer nos passions en vertus, et nos vices en qualités. Vous y apprendrez l'utile procédé de faire vos propres affaires et de vous passer de rois, de présidents, de ministres et de diplomates ; vous saurez comment on peut vivre heureux sans croire en Dieu, sans avoir ni foi, ni culte, ni religion, ni prêtre, ni docteurs. Voilà, je crois, les impertinents mensonges que les apôtres du socialisme prêchent dans l'atelier de l'ouvrier et sous le toit du prolétaire. Le peuple de France qui prend le merveilleux où il le trouve, et pour qui le romantisme devient une agréable passion, a prêté une oreille complaisante à des discours qui flattent son goût pour les fictions poétiques. De cette faiblesse qui commence à prendre un caractère épidémique, il résulte que son esprit se pervertit et que son intelligence prend une voie contraire à celle de ses propres intérêts.

Or, pour le rendre à son état normal, pour le faire rentrer, dis-je, dans le cercle d'une civilisation morale, il faut combattre toutes ces viles impostures avec les armes de la raison et de la vérité ; convaincre et persuader, non pas par des probabilités et des conjectures, mais par des faits constants, immuables, qui naissent de la nature des choses et de la loi suprême que Dieu a imposée à l'humanité. Il faut montrer au peuple que partout où les hommes seront unis par un lien social quelconque, il y aura des pauvres et des riches, des grands et des petits, comme de hautes et de petites intelligences, de forts et de faibles tempéraments ; qu'entre ces deux extrêmes, qui naissent des dispositions de notre nature, il se trouve un juste milieu qui est l'ordre moral par lequel tout se compense et s'harmonise, de telle sorte que la somme de bonheur est égale pour les uns comme pour les autres ; que cet ordre, pour être solide et vrai, doit être fondé sur l'empire des droits légitimes, sur la morale et la religion ; que dans les sociétés politiques où chaque homme aliène sa liberté pour assurer son existence privée, on verra toujours des rois par la grâce de Dieu ou par la suprême loi de la nécessité, ce qui, pour certains philosophes, est à peu près la même chose, parce qu'un peuple ne peut ni parler, ni agir, ni se faire entendre, si ce n'est par la voix de l'opinion qui, malheureusement, n'est presque jamais que l'expression d'une fraction populaire [1].

Passant à la question morale philosophique, convaincre le peuple que tant que les hommes posséderont une âme, ils croiront en Dieu, ils auront une foi et un culte de cœur, des prêtres et des docteurs pour les enseigner et les conduire ; que la liberté, l'égalité, la fraternité ne peuvent jamais avoir sur la terre qu'une valeur relative à la moralité des nations ; que le libre arbitre exclut toute théorie sociale égalitaire, compensatrice ou homogène, et qu'à moins que la vertu ne devienne un jour la reine du monde et la suprême directrice des hommes, il n'y aura que la religion, ses doctrines et ses préceptes qui pourront soumettre les volontés du cœur et de l'esprit à une règle mutuelle de justice et d'amour.

Telles sont, Messieurs, les vérités qu'il faut porter au tribunal des nations pour les développer et les défendre en plein soleil envers et contre tous. Si vous approuvez mon dessein, j'ai sur la terre un ancien Vendéen, homme d'esprit, qui remplira admirablement cette importante mission. Ecrivez à ce précieux mortel, s'écrièrent d'une voix unanime, toutes les célébrités de l'ancienne France. Engagez-le de commencer au plus tôt cette guerre sainte, et assurez-le que sa glorieuse entreprise sera bénie des habitants du ciel comme de ceux de la

---

[1] Les philosophes qui ont voulu édifier un nouveau monde sur les ruines de l'ancien, ont créé une souveraineté imaginaire pour l'opposer à la puissance légitime des rois : ils ont fait du peuple une individualité active ; ils lui ont donné des oreilles, des yeux, une intelligence, un discernement. Mais un être moral soumis à une force d'inertie qui lui interdit toute action volontaire ne peut ni s'apprécier, ni se connaître ; et comme il n'a aucune qualité facultative et dirigeante, il ne saurait ni se gouverner, ni ordonner qu'on le gouverne. La souveraineté supposant la puissance de vouloir et de pouvoir faire ce qui est nécessaire au salut de tous, appartient essentiellement à un être intelligent et libre.

(*Lettre à M. le comte de Saint-Romain par J. M. R.*)

terre. Je me hâte de vous faire connaître, Monsieur, la décision de notre Conseil suprême ; commencez les hostilités par le point qui vous paraîtra le plus favorable, et croyez à mon entier dévouement.

Comte de ***,

Pair de la Restauration.

Le 12e du mois de mai de l'année 1851,
calendrier grégorien.

━━━━━━◆◗◆◖◆━━━━━━

A M. le comte de Saint-R***.

Monsieur le Comte,

Déclarer une guerre de principe à un vampire sans corps et sans âme qui ne fait pas plus d'effet sur les esprits que les feux follets qui courent au milieu des ténèbres sur la cendre des morts, c'est employer un temps précieux à une œuvre inutile. A toutes les époques du monde, on a vu de ces Philosophes à courte vue, travaillés par la déplorable prétention de vouloir soumettre l'invincible nature à d'autres lois qu'à celles que Dieu lui a imposées, mais le temps et le bon sens du peuple ont fait justice de leurs extravagances. Laissons donc ainsi que vous l'ont conseillé vos honorables amis de l'ancienne France, le socialisme vivre et mourir dans le néant de ses vanités. Toutefois il est bon de montrer aux docteurs de la secte, le côté odieux de leurs ambitieuses entreprises, c'est ce que je me propose de faire.

Agréez, Monsieur le Comte, l'expression de mon dévoûment.

J. M. M. WILLIAM.

Paris, le 25 mai 1851.

Sous Presse :

LETTRE A M. PYAT,

EN RÉPONSE

A SA LETTRE A M. LE COMTE DE CHAMBORD.

www.ingramcontent.com/pod-product-compliance
Lightning Source LLC
LaVergne TN
LVHW012335060726
842524LV00017B/2783